AF357897

1884 Décembre 22

VENTE

Carrier-Belleuse

SCULPTURES

Mᵉ ESCRIBE

COMMISSAIRE-PRISEUR

6, rue de Hanovre, 6.

M. A. BLOCHE

EXPERT

44, rue Laffitte, 44.

CATALOGUE

DE

TERRES CUITES

Originales, Polychromes et Patinées

MARBRES — BRONZE

GROUPES — STATUETTES — BUSTES

Pièces décoratives

ŒUVRES

DE

CARRIER-BELLEUSE

DONT LA VENTE AURA LIEU

HOTEL DROUOT, SALLE N° 8

Le Lundi 22 Décembre 1884

A 2 HEURES 1/4

Mᵉ E. ESCRIBE	**M. A. BLOCHE**
COMMISSAIRE-PRISEUR	EXPERT
6, rue de Hanovre, 6	11, rue Laffitte. 11

Chez lesquels se trouve le présent Catalogue.

EXPOSITION PUBLIQUE

Le Dimanche 21 Décembre 1884

DE 1 HEURE 1/2 A 5 HEURES

CONDITIONS DE LA VENTE

Elle sera faite au comptant.

Les adjudicataires payeront *cinq pour cent* en sus des enchères.

L'exposition mettant le public à même de se rendre compte de l'état des objets, aucune réclamation ne sera admise une fois l'adjudication prononcée.

Paris. — Imprimerie de l'Art. E. Ménard et J. Augry, 41, rue de la Victoire.

DÉSIGNATION

MARBRES

STATUETTE

1 — *Bonne Saison.*

Haut., 74 cent.

BUSTE

2 — *Colombe.*

Haut., 75 cent.

BRONZE

STATUETTE

3 — *Camille Desmoulins.*

> Avec droit de reproduction en métal seulement.

> Haut., 80 cent.

TERRES CUITES

ORIGINAUX

4 — *Amazone.*

> Vase avec bas-relief.

> Haut., 30 cent.

5 — *Les Trois Grâces.*

> Vase avec bas-relief.

> Haut., 40 cent.

6 — *Bacchante.*

> Vase avec bas-relief.

> Haut., 35 cent.

TERRES CUITES POLYCHROMES

GROUPES

7 — *Les Frisonnes.*

Haut., 75 cent.

8 — *La Tentation de saint Antoine.*

Haut., 75 cent.

STATUETTES

9 — *Liseuse moyen âge.*

Haut., 80 cent.

10 — *Fileuse.*

Haut., 75 cent.

11 — *La Violoniste.*

Haut., 75 cent.

BUSTES

12 — *Rembrandt.*

Haut., 65 cent.

13 — *Albert Dürer.*

Pendant du précédent.

Haut., 65 cent.

TERRES CUITES PATINÉES

GROUPES

14 — *L'Enlèvement.*

Haut., 60 cent.

15 — *L'Amour désarmé.*

Haut., 60 cent.

16 — *Les Trois Grâces.*

Haut., 80 cent.

17 — *Hercule et Omphale.*

Haut., 80 cent.

18 — *Bacchanale.*

Haut., 40 cent.

19 — *Titans.*

Jardinière.

Haut., 90 cent.

20 — *Faune et Bacchante.*

Jardinière.

Haut., 1 m. 10 cent.

21 — *La Tentation de saint Antoine.*

Haut., 75 cent.

22 — *Titans.*

Jardinière.

Haut., 90 cent.

STATUETTES

23 — *La Cigale.*

Haut., 80 cent.

24 — *La Fourmi.*

Haut., 80 cent.

25 — *La Source.*

Haut., 80 cent.

26 — *La Liseuse.*

Haut., 75 cent.

27 — *Molière.*
Statuette assise.

Haut., 75 cent.

28 — *Alexandre Dumas.*

Haut., 80 cent.

BUSTES

29 — *Éveillée.*

Haut., 75 cent.

30 — *Soucieuse.*

Haut., 75 cent.

31 — *Le Réveil.*

Haut., 65 cent.

32 — *Le Sommeil.*

Haut., 65 cent.

33 — *Mauresque.*

Haut., 70 cent.

BUSTES HISTORIQUES

34 — *Raphael.*

Haut., 65 cent.

35 — *Rubens.*

Haut., 65 cent.

36 — *Van Ostade.*

Haut., 65 cent.

37 — *Virgile.*

Haut., 65 cent.

38 — *Mozart.*

Haut., 45 cent.

39 — *Beethoven.*

Haut., 45 cent.

40 — *Le Dante.*

Haut., 65 cent.

TERRES CUITES

GROUPES

41 — *La Charité.*

Haut., 75 cent.

42 — *Le Messie.*

Haut., 75 cent.

43 — *Le Retour des champs.*

Haut., 80 cent.

44 — *Les Deux Amours.*

Haut., 75 cent.

45 — *La Confidence.*

Haut., 75 cent.

46 — *Les Frisonnes.*

Haut., 75 cent.

47 — *La Jeune Mère.*

Haut., 60 cent.

48 — *Le Réveil.*

Haut., 1 mètre.

49 — *L'Éducation du faune.*

Haut., 40 cent.

5o — *Danseurs italiens.*

Haut., 85 cent.

STATUETTES

5i — *La Léda.*

Haut., 45 cent.

52 — *La Diane.*

Haut., 75 cent.

53 — *Bacchante au Terme.*

Haut., 75 cent.

54 — *Psyché.*

Haut., 65 cent.

55 — *Angélique.*

Haut., 75 cent.

56 — *Bonne Saison.*

Haut., 70 cent.

57 — *Filomela.*

Haut., 75 cent.

58 — *L'Automne.*

Haut., 75 cent.

59 — *Le Printemps.*

Haut., 75 cent.

60 — *L'Ange en prière.*

Haut., 70 cent.

61 — *L'Ange à la couronne.*

Haut., 70 cent.

62 — *L'Amazone.*

Haut., 75 cent.

63 — *L'Ondine.*

Haut., 75 cent.

64 — *La Liseuse.*

Haut., 80 cent.

65 — *L'Harmonie.*

Haut., 70 cent.

66 — *La Toilette.*

Haut., 70 cent.

67 — *La Nuit.*

Haut., 70 cent.

68 — *Alexandre Dumas.*

Haut., 80 cent.

69 — *L'Enfant source.*

Haut., 35 cent.

70 — *Femme au perroquet.*

Haut., 30 cent.

71 — *Enfant support.*

Haut., 45 cent.

BUSTES

72 — *Le Printemps.*

Haut., 60 cent.

73 — *L'Été.*

Haut., 60 cent.

74 — *L'Automne.*

Haut., 60 cent.

75 — *L'Hiver.*

Haut., 60 cent.

Quatre pendants.

76 — *Soucieuse.*

Haut., 75 cent.

77 — *Annunṣiata.*

Haut., 75 cent.

78 — *Femme au chapeau.*

Haut., 85 cent.

79 — *Colombe.*

Haut., 65 cent.

80 — *Papillon.*

Deux pendants.

Haut., 65 cent.

81 — *Arabella.*

Haut., 75 cent.

82 — *Roses de mai.*

Haut., 60 cent.

83 — *Cruche cassée.*

Haut., 75 cent.

84 — *Italienne.*

Haut., 70 cent.

85 — *Alsace.*

Haut., 80 cent.

86 — *Boudeur.*

Haut., 45 cent.

87 — *Rieuse.*

Deux pendants.

Haut., 45 cent.

88 — *Souvenir.*

Haut., 45 cent.

89 — *Soubrette.*

Haut., 45 cent.

90 — *Ève.*

Haut., 75 cent.

91 — *Duchesse.*

Haut., 75 cent.

92 — *Églantine.*

Haut., 75 cent.

93 — *Femme moyen âge.*

Haut., 70 cent.

94 — *Mauresque.*

Haut., 70 cent.

95 — *Russe.*

Haut., 70 cent.

96 — *Eau.*

Haut., 65 cent.

97 — *Marguerite.*

Haut., 70 cent.

98 — *Lilas.*

Haut., 70 cent.

99 — *Chrysanthèmes.*

Haut., 75 cent.

100 — *Princesse.*

Haut., 75 cent.

101 — *Vestale.*

Haut., 75 cent.

102 — *Camélia.*

Haut., 75 cent.

BUSTES HISTORIQUES

103 — *Murillo.*

Haut., 65 cent.

104 — *Velazquez.*

Pendant du précédent.

Haut., 65 cent.

105 — *Michel-Ange.*

Haut., 65 cent.